LÉONORA.

LÉONORA.

TRADUCTION DE L'ANGLAIS,

PAR

S. AD. DE LA MADELAINE.

DE L'IMPRIMERIE DE RICHOMME.

A PARIS,

Chez JANET et COTELLE, Libraires, rue Neuve-des-Petits-Champs, N°. 17.

1811.

AVERTISSEMENT

DU

TRADUCTEUR FRANÇAIS.

Ce petit Poëme, composé d'abord
en allemand, obtint un succès
prodigieux. M. W. R. Spencer,
qui le traduisit en anglais, sut
faire passer dans sa langue tous les
charmes de l'original, et l'Angle-
terre partagea, pour cet ouvrage,
l'enthousiasme de l'Allemagne.

La poésie anglaise, souvent
pleine de force, mais quelquefois
un peu vague, supprime hardiment
les transitions, et réunit des idées

qui nous paraîtraient disparates ; ainsi, à côté de l'expression la plus simple, la plus commune même, on voit briller la pensée la plus sublime. Le caractère mélancolique de la nation permet aux poètes de peindre les échafauds et les gibets ; leurs pinceaux vigoureux osent tout, et n'en sont que plus admirés. M. Spencer a donc pu traduire Léonora en vers, sans lui rien faire perdre de sa teinte sombre, mais pleine de feu, et sans altérer le naturel du style. Une infinité de mots, une infinité d'idées qui plaisent en anglais, seraient rejetés avec dédain, et peut-être même avec dégoût par la poésie française. Il fallait donc ou dénaturer cette romance pour la traduire en vers, ou se borner à la rendre en prose, pour lui conserver son caractère original. J'ai préféré ce dernier parti, en cherchant à faire sentir, par un style soutenu, la manière de l'auteur et son genre de talent.

Le nom de Wilhem (Guillaume) que porte dans le texte l'amant de Léonora, est agréable sans doute en allemand et en anglais : il ne l'aurait pas été également en français, et je lui ai substitué celui d'Alfred. Quelques légers changemens que je me suis encore permis, étaient impérieusement exigés par le génie de notre langue. En un mot, je me suis efforcé d'écrire ces stances comme l'auteur lui-même l'aurait fait s'il les eût composées en français. Je

ne me flatte pas d'y avoir réussi ;
mais j'ose espérer que si ma traduction offre quelques défauts, ils
seront rachetés par les beautés et
l'intérêt du sujet.

PRÉFACE

DU

TRADUCTEUR ANGLAIS.

LES œuvres de M. Burgher, auteur de Léonora et de plusieurs
autres poëmes du même genre,
font le charme des pays dont l'allemand est l'idiome national, et
même de ceux où il n'est cultivé
que comme une langue d'agré-
ment. Le caractère distinctif des
ouvrages de cet écrivain, c'est
le *naturel*, qui de toutes les
beautés littéraires, fut toujours la
plus séduisante. Il faut un mérite

peu commun pour exceller dans une manière d'écrire qui est à la portée de tous les lecteurs , que beaucoup de gens admirent et que tant d'autres ont essayée vainement. M. Burgher a un droit incontestable à ce mérite ; droit que nos compatriotes seraient les premiers à lui accorder, s'ils pouvaient jouir de ses expressions dans leur pureté originale , ou de ses idées dans une traduction fidèle. Aucun écrivain peut-être n'obtint jamais une vogue plus décidée, à laquelle contribuent également et les sujets de ses ouvrages et les agrémens de son style. Pour sujets il a ordinairement choisi des traditions reçues dans les lieux où il écrivait, ou bien des anecdotes tirées de la légende ;

et dans son style , il est généralement élégant, souvent sublime , et jamais obscur. De telles qualités lui assurent les suffrages de toutes les classes. Le savant et le moraliste ne peuvent pas refuser des louanges à un ouvrage qui leur offre de l'amusement sans blesser la délicatesse de leur goût ou la rigidité de leurs principes. L'artisan même y trouve avec plaisir des sentimens qui conviennent à ses sensations , des images familières à son esprit, et des préceptes qu'il peut mettre en pratique.

Une des plus puissantes causes de la vogue littéraire de M. Burgher , est la forte teinte de superstition répandue sur tous ses ouvrages. Les incidens surnaturels

sont les sujets favoris de ses compatriotes. Leurs esprits conçoivent
vigoureusement , et leur langue
exprime avec noblesse ce qui est
terrible ou majestueux ; et dans
ces sortes d'écrits ils nous enleve-
raient sans doute la palme, si nous
n'avions pas pour la défendre les
imprenables tours d'Otrante. (*)
De toutes leurs productions en ce
genre, Léonora est peut-être la
plus parfaite. Cette histoire réunit
dans un cadre étroit les événemens
les plus tragiques , la surprise la
plus poétique, et toute la régularité
de l'épopée. La mère choisit mal
son tems , il est vrai , pour faire

(*) Allusion à un ouvrage anglais très-
répandu.

de sévères remontrances ; mais
elles sont justes. Le désespoir de
la fille est naturel, quoique crimi-
nel, et sa punition, pour être terrible, n'en est pas moins équitable.
Si l'on peut faire quelques légères
objections contre le sujet , qui
pourtant est nouveau , simple et
frappant ; on ne peut en faire aucune contre la morale, qui ne sau-
rait être trop fréquemment et trop
solemnellement répétée et fortifiée
par des exemples.

Le traducteur , pour se justifier
de s'être quelquefois écarté du
texte original, fera observer à ceux
qui sont *docti sermones utriusque
linguæ* (également versés dans les
deux langues), que M. Burgher
a souvent employé des mots qui

n'ont point de signification , et dont le son lui servait seul à peindre ses pensées ; tels que : ti-ta-ta, ti-ta-ta , ti-ta-ta , pour rendre le trot d'un cheval ; et din, din, din, pour le tintement d'une cloche. Ces expressions, que l'on pourrait appeler les échos du sens de la phrase , sont réellement : *Vox et præterea nihil* (des sons, et rien de plus). L'usage peut les faire adopter au goût allemand ; mais employées littéralement dans une traduction anglaise , elles paraîtraient plutôt ridicules que descriptives. En général , on espère que si quelques beautés peuvent avoir été obscurcies , aucune idée essentielle n'a été omise ni altérée.

Un tems assez considérable a dû

nécessairement s'écouler avant que cette traduction pût être publiée. Il a fallu donner aux artistes le tems de graver , avec toute la perfection nécessaire , les dessins exquis dont cet ouvrage tire son plus bel ornement (*). Dans l'intervalle , M. Pye en a publié une élégante version. Si l'auteur de la traduction que l'on offre aujourd'hui au public, avait prévu les intentions de ce poète, déjà couvert de tant de lauriers , il n'aurait probablement pas osé entrer en lice avec cet illustre concurrent ; mais s'étant présenté dans l'arène long-tems avant que

(*) Ces dessins sont de mylady Diana Beauclerc.

M. Pye s'y montrât comme son adversaire, il ne veut pas maintenant éviter ce combat, où une victoire, même indécise, doit lui mériter des éloges, tandis qu'une défaite complète lui laissera du moins cette consolation : *Æneæ magni dextrâ cadit* (il tombe sous les coups du grand Enée.)

LÉONORA.

〜〜〜〜〜〜〜〜〜〜〜〜〜〜〜〜〜〜〜〜

I.

Tourmentée par de tristes rêves, fruits de son malheureux amour, Léonora se levait avant l'aurore : « Combien de tems » seras-tu encore éloigné de moi, mon » Alfred ?..... Est-ce la mort qui t'empêche » de revenir, ou serais-tu assez injuste pour » croire quelque faux rapport sur ton » amie ? »

Depuis qu'Alfred, sous les drapeaux du grand Frédéric, avait, pour la première fois, affronté l'ennemi près des murs de Prague ; Léonora desirait en vain des nouvelles de son amant. Rien n'adoucissait l'ennui des heures solitaires qu'elle passait dans les pleurs, et la voix si prompte mais si souvent infidèle de la renommée, ne lui avait pas même appris les succès ou les malheurs de cet amant adoré.

II.

Frédéric et sa redoutable rivale, également fatigués , venaient de faire cesser l'orage des combats. L'amitié joignait leurs mains désarmées et cherchait à guérir, par la paix, les blessures encore sanglantes du monde. Les chansons, les cris de joie , se mêlent au bruit des cymbales. « Ils revien- » nent, ils reviennent couverts de nouveaux » lauriers. » Ces mots sont à l'envi répétés de toutes parts ; et chaque guerrier , lassé de vaincre, ne songe plus qu'à orner de ses trophées la tranquille demeure que depuis long-tems il brûlait de revoir.

III.

Tandis que le bonheur particulier de chaque famille produisait le bonheur général de la contrée , l'Amour tressait des guirlandes de fleurs pour toutes ces têtes qu'avait déjà couronnées la Victoire. Combien d'époux , de fils , d'amans reçus avec transport ! Que de larmes de joie , que de baisers couvrent le brave ! Malheureuse Léonora, tu es seule plongée dans la tristesse, tu n'as personne à qui prodiguer tes baisers et tes larmes.

IV.

Emportée par sa passion, elle court dans tous les rangs, interroge jusqu'au moindre soldat ; mais personne n'a connu, même indirectement, le sort de l'intrépide Alfred. Quand elle eut en vain parcouru ces bataillons dont la joie ajoutait encore à sa douleur ; hors d'elle-même, elle arrache ses cheveux plus noirs que l'ébène, elle se roule sur la froide poussière, et s'abandonnant à un désespoir poussé jusqu'à la frénésie, elle tombe dans les plus affreuses convulsions.

V.

Sa mère tout effrayée se hâte de voler vers elle, la soutient dans ses bras affaiblis par l'âge : « O Dieu, jette un œil de misé-
» ricorde sur les chagrins de ma fille, calme
» les craintes qui déchirent son cœur trop
» fidèle. »

LÉONORA.

« Ah! ma mère, tout est fini !.... tout est
» fini pour moi! Je renonce au monde,

» aux plaisirs , à l'espoir !.... Ton Dieu n'a
» plus de pitié de mes peines !.... Hélas !....
» Hélas ! je ne suis plus moi , je suis le
» malheur même ! »

VI.

LA MÈRE.

« Seigneur , écoute , écoute - nous avec
» bonté !... Mon enfant, adresse tes prières
» au ciel ! Il ne peut errer dans ses desseins ;
» soumettons - nous à ses volontés ; Dieu
» nous envoye des peines ; mais Dieu les
» soulage. »

LÉONORA.

« A quoi sert de mettre sa confiance dans
» le ciel ? Dieu est injuste !.... Quel bien
» m'a-t-il fait ? Je lui ai adressé des prières
» lorsqu'elles pouvaient encore être exau-
» cées ; maintenant les prières sont inutiles,
» Alfred n'est plus ! »

VII.

LA MÈRE.

« Un père entend toujours les cris de ses
» enfans dans leurs jours d'affliction. Tu
» trouveras, au pied des autels, un adou-
» cissement à tes cruelles souffrances. »

LÉONORA.

« O ma mère, rïen ne peut calmer des
» tourmens aussi déchirans que les miens!
» Qui pourrait rendre le souffle de la vie
» à des cendres glacées. »

VIII.

LA MÈRE.

« Mais, ma fille, peut-être dans des pays
» lointains, oubliant ses premiers sermens,
» ton parjure recherche d'autres nœuds,
» d'autres baisers, une autre épouse !....
» Abandonne l'infidèle; de nouvelles amours
» ne lui feront point trouver le bonheur ;
» et quand son corps sera rendu à la terre,

» les maux que le perfide t'a causés déchi-
» reront son ame par des supplices éternels. »

IX.

LÉONORA.

« Je ne veux ni remède ni soulagement
» à mes douleurs ! Je hais également et la
» joie, et l'espoir, et la vie ! mon espoir
» est la mort, ma joie est la tombe !.... Que
» maudit soit le jour qui me vit naître !....
» Eteins, éteins-toi détestable flambeau de
» ma vie ! éteins-toi dans l'éternelle nuit
» de la mort !.... Je ne connais plus d'autre
» Dieu qu'Alfred !.... c'est Alfred seul que
» ma voix défaillante invoque à mon der-
» nier soupir ! »

X.

LA MÈRE.

« Grand Dieu, ne juge point ma cou-
» pable fille ; son cœur est innocent ; vois
» le trouble de ses pensées, et pardonne
» ses blasphêmes !.... ne la frappe point de

» la mort du pécheur !.... O mon enfant ,
» oublie ton malheureux amour : pense au
» bonheur des élus, à la douce miséricorde
» de Dieu. Ton ame trouvera dans le ciel
» un époux éternel et plein de gloire. »

XI.

LÉONORA.

« Oh ! ma mère , que me fait la félicité
» des cieux ! Oh ! ma mère ! ma mère ! que
» me fait l'enfer !.... Avec Alfred tout de-
» vient félicité pour moi ! l'enfer est pour
» moi partout où je ne suis pas avec Alfred !
» Laisse , laisse descendre dans la paisible
» tombe ce cœur déchiré et ces yeux voués
» aux larmes !.... Mon amour pouvait seul
» me rendre heureuse ; sans lui, ni le ciel ,
» ni la terre ne peuvent plus m'offrir de
» bonheur ! »

XII.

C'est ainsi qu'égarés par le démon du désespoir , ses esprits déréglés sont en proie à
la plus noire folie. C'est ainsi que par d'im-

pies clameurs elle ose condamner l'éternelle sagesse. Ses mains cruelles frappent, déchirent son sein d'albâtre, jusqu'à ce que le soleil, dans un char de lumière, se précipite vers l'occident et laisse la nuit, comme une veuve désolée, s'envelopper d'un manteau lugubre, que d'innombrables étoiles viennent parsemer de diamans.

XIII.

Ecoutons !.... Sous les efforts d'un destrier fougueux, qui se cabre avec orgueil, la porte ébranlée crie et résiste à peine........ Un cavalier descend...... On entend le bruit de ses armes.......... Qui peut-il être ?....... Mais écoutons !..... Il agite la cloche.... elle rend de faibles sons ; et bientôt la brise de la nuit, avec un léger murmure, apporte à Léonora ces paroles consolantes :

XIV.

« Ma femme ! mon amie ! Léonora !
» veilles-tu, ou serais-tu plongée dans les
» bras du sommeil ?.... Ton cœur entend-il
» encore mes vœux ?..... Léonora est-elle

» consumée de douleur, ou s'abandonne-t-
» elle à la joie ? »

LÉONORA.

« Alfred! est-ce toi!.... Mes yeux, bai-
» gnés de larmes brûlantes, sont, depuis
» ton départ, privés de tout repos!.... Oui,
» la crainte, le malheur, ont toujours plané
» sur ma tête!..... Ah! pourquoi tant diffé-
» rer ton retour, que hâtaient sans cesse
» mes desirs ? »

XV.

ALFRED.

« L'obscurité de la nuit pouvait seule
» favoriser notre voyage. Je viens des
» champs de la lointaine Prague, et le jour
» avait déjà éteint son flambeau avant que
» j'eusse obtenu ce noir palefroi qui doit à
» l'instant porter chez moi mon amante. »

LÉONORA.

« O mon Alfred, repose-toi d'abord ici.
» Un vent froid rugit dans les vallées et

» dans les bois. Viens délasser sur un lit,
» que te préparent la joie et les amours,
» tes membres fatigués par les combats. »

XVI.

ALFRED.

« Que nous fait le rugissement des vents,
» mon amie ? Nous ne pouvons nous arrê-
» ter. Mon ardent coursier brûle d'être
» parti. Tout est prêt : monte sans crainte ;
» ton amant sera ton sûr défenseur. Notre
» voyage doit être terminé avant que la
» lune ait achevé son cours, et cependant
» nous avons un espace immense à parcourir
» pour atteindre notre lit nuptial. »

XVII.

LÉONORA.

« Un espace immense !.... Il est si tard,
» l'obscurité est si profonde !.... La cloche
» vient de faire retentir onze fois ses sons
» argentins. »

ALFRED.

« La lune nous prête sa clarté secourable ;
» nous devons profiter de la nuit ; elle hâte
» sa marche, pressons notre départ. Quel-
» que long, quelqu'effrayant que soit le
» trajet, il finira sans que le soleil l'ait
» éclairé de ses premiers rayons. »

XVIII.

LÉONORA.

« Où veux-tu donc me conduire ? »

ALFRED.

« Dans ma nouvelle et solitaire demeure.
» Nous y jouirons ensemble d'une éternelle
» paix. »

LÉONORA.

« A-t-on pris soin d'y réserver une place
» pour ton épouse ? »

ALFRED.

« Oui ! oui ! ta place y est marquée.
» Partons ! Les fêtes qu'on nous destine

» sont déjà prêtes , quoique préparées par
» des mains peu exercées à un semblable
» emploi. »

LÉONORA.

« Mais quels témoins doivent présider à
» la solemnité de notre heureuse union ? »

ALFRED.

« Ils nous attendent , et jamais hyménée
» n'en eut de pareils. »

XIX.

Léonora était presque nue , ses cheveux
en désordre tombaient par longues tresses
sur son sein , qui n'avait point d'autre voile ;
cependant le confiant amour l'emporte sur
la crainte. Elle saute légèrement sur le bondissant coursier , qui part avec la rapidité
du vent. La terre tremble sous ses pas , dont
on entend au loin le bruit. Ils font jaillir
des tourbillons de poussière , de pierres ,
d'étincelles. Le cavalier et le cheval , tout
haletans , peuvent à peine respirer. (*)

(*) Cette phrase et celle qui est relative aux apparitions des
morts , se trouvent répétées ici plus d'une fois. Elles reviennent
de même dans le texte anglais, dont on n'a pas dû s'écarter.

XX.

Avec quelle promptitude les collines et les plaines semblent fuir derrière eux ! Rien ne peut arrêter le fougueux destrier. Les barrières, les ponts, les rochers cèdent, avec fracas, à son impétuosité.

ALFRED.

« As-tu peur, mon amie ?..... Hâtons-
» nous : la lune brille encore de tout son
» éclat ; mais bientôt les morts, échappés
» des tombeaux, vont y rentrer effrayés
» par l'approche du jour. Leurs mânes er-
» rans t'inspirent-ils de l'effroi ? »

LÉONORA.

« Non, Alfred, non ! cependant, je t'en
» conjure, ne parle pas des morts. »

XXI.

Quels cris longs et sinistres font entendre ces corbeaux !......... La cloche des morts

retentit , et l'hymne funèbre répète : « Mor-
» tel , tu n'es que poussière ; rentre dans
» la poussière dont tu fus tiré. »

Une pompe funéraire paraît, et la sombre
lueur de ses torches, loin de dissiper l'obscurité, ajoute encore à son horreur. Portant
un froid cercueil , des prêtres s'avancent
d'un pas lent et mesuré sur leurs chants
lugubres, plus tristes mille fois que les plus
tristes accens des oiseaux de nuit.

XXII.

ALFRED.

« Tandis que vos voix imposantes nous
» répètent que nous ne sommes que pous-
» sière et que nous devons rentrer dans la
» poussière ; tandis que la nuit répand la ro-
» sée de ses pleurs sur les tombes des morts ;
» moi je conduis vers mon lit nuptial la plus
» belle , la plus parfaite des femmes. Ap-
» prochez-vous , musiciens des tombeaux ;
» venez, prêtres , venez bénir nos éternels
» nœuds ; et avant que nos têtes reposent
» sur l'oreiller qui les attend , célébrez du

» moins notre union par vos accords plain-
» tifs et vos soupirs. »

XXIII.

Les prêtres, le cercueil, tout a disparu,
et l'hymne funèbre se perd insensiblement
dans les échos les plus éloignés.

Bientôt la marche rapide d'êtres invisibles
vient exciter encore l'ardeur du bondissant
coursier, qui vole avec la rapidité du vent.
La terre tremble sous ses pas, dont on entend au loin le bruit. Ils font jaillir des
tourbillons de poussière, de pierres, d'étincelles. Le cavalier et le cheval, tout haletans, peuvent à peine respirer.

XXIV.

Les montagnes et les forêts, les villes, les
villages et les châteaux disparaissent aux
yeux de Léonora avec une rapidité que ne
peut plus soutenir sa vue fatiguée.

ALFRED.

« As-tu peur, mon amie ?.... Hâtons-nous :
» la lune brille encore de tout son éclat ;

» mais bientôt les morts, échappés des tom-
» beaux , vont y rentrer, effrayés par
» l'approche du jour. Leurs mânes errans
» t'inspirent-ils de l'effroi ? »

LÉONORA.

« Ah ! laisse , laisse en paix les morts ! »

XXV.

Au milieu de ces herbes sauvages toutes
dégoûtantes de sang, voyez cette roue pré-
senter ses pointes encore fumantes aux ca-
davres sans sépulture des meurtriers qui
viennent d'y expier tant de forfaits. Leurs
fantômes hideux forment à l'entour d'ef-
froyables danses , auxquelles la lune, à
moitié voilée, prête avec peine son pâle
flambeau.

ALFRED.

« Venez, spectres effrayans des coupa-
» bles ! venez tous ! suivez-nous ! vos hor-
» ribles jeux nous serviront de fêtes avant
» que nous soyons couchés sur notre lit
» nuptial ! »

XXVI.

Les fantômes s'empressant d'obéir à sa voix, l'entourent de tous côtés. Leurs pieds ne laissent aucune trace, et font entendre seulement un bruissement sourd, semblable à celui des vents d'automne qui frappent de leurs coups redoublés les chênes et les hêtres dépouillés de verdure. Le coursier vole avec la rapidité de l'éclair. La terre tremble sous ses pas, dont on entend au loin le bruit. Ils font jaillir des tourbillons de poussière, de pierres, d'étincelles. Le cavalier et le cheval, tout heletans, peuvent à peine respirer.

XXVII.

Pour Alfred et son amante l'astre des nuits éclaire sans cesse de nouvelles scènes. Les montagnes succèdent aux montagnes, et fuient à leur tour; les forêts succèdent aux forêts, et même les étoiles qui couvrent le firmament semblent changer de cours et se précipiter vers l'orient qui les vit naître.

ALFRED.

« As-tu peur, mon amie ?.... hâtons-nous !
» La lune brille encore de tout son éclat ;
» mais bientôt les morts , échappés des
» tombeaux, vont y rentrer effrayés par
» l'approche du jour. Leurs mânes errans
» t'inspirent-ils de l'effroi ? »

LÉONORA.

« Oh ! Dieu ! Alfred , laisse, laisse les
» morts ! »

XXVIII.

ALFRED.

« Coursier, bouillant coursier, j'entends
» les cris perçans de l'oiseau de Mars ! Ils
» nous apprennent que nous touchons au
» terme de nos fatigues. Coursier, bouillant
» coursier, les vents légers, précurseurs de
» l'aurore, nous annoncent déjà son ap-
» proche. Redouble tes efforts ! ses feux
» ne doivent point éclairer notre voyage.....
» Mais il est achevé !.... notre carrière est

» parcourue!.... le lit nuptial attend l'épou-
» sée!.... Cette nuit les morts se sont hâtés
» de rentrer dans leurs tombeaux!.... Ici!
» ici finissent toutes nos courses nocturnes! »

XXIX.

L'ardent destrier s'élance avec impétuosité contre une grille massive qui s'opposait
à son passage. Le choc effroyable fait voler
en éclats et les barreaux, et la porte, et
les murs. Tout cède et tombe en ruines
avec un affreux sifflement........ Quel spec-
tacle horrible!.... A travers des sentiers jon-
chés d'os et de crânes que le tems n'a point
encore entièrement dépouillés, une foule
de fantômes effrayans enveloppés de longs
linceuls, erre lentement en poussant des
cris lamentables!.... De tous côtés les rayons
sanglans de la lune n'éclairent de leur si-
nistre clarté que des fosses et des tombes.

XXX.

Tout-à-coup d'épais nuages viennent
augmenter l'obscurité. Le merveilleux cavalier change de forme; sa chair tombe par

lambeaux , qui tombent eux - mêmes en poussière , comme un bois que le feu réduit en cendres. Sans yeux , sans paupières , dépouillée de tous ses agrémens , sa tête devient un crâne décharné ; et ce corps , jadis si charmant , n'est plus qu'un squelette hideux : un dard terrible brille dans ses mains.

XXXI.

Le cheval fantastique souffle avec furie , et de ses narines sortent en abondance des flammes bleuâtres ; il secoue sa crinière hérissée , frappe la terre qui s'entr'ouvre sous ses pas et l'engloutit. Des esprits infernaux amoncèlent , agitent les nues..... elles se déchirent....... La foudre éclate de toutes parts....... Les morts ébranlent leurs tombes par d'affreux hurlemens , et le cœur de Léonora , déchiré par le dard de la mort , ne répand , en palpitant sous ce fer , qu'un sang déjà glacé.

XXXII.

A l'ombre des nuages qui éclipsent la

lune, une troupe de spectres, de fantômes,
de démons, se rassemble et danse en chan-
tant autour de Léonora expirante. Leurs
accens effrayans font entendre cette auguste
leçon : « Mortel, quelles que soient tes souf-
» frances, soumets-toi avec résignation :
» il ne t'appartient pas de blâmer les décrets
» de la providence !..... Maintenant, fille
» criminelle, tu n'es plus qu'une froide
» poussière ! La terre s'ouvre pour te rece-
» voir dans son sein ; mais le ciel, touché
» de tes maux, s'ouvre aussi pour recevoir
» ton ame. »

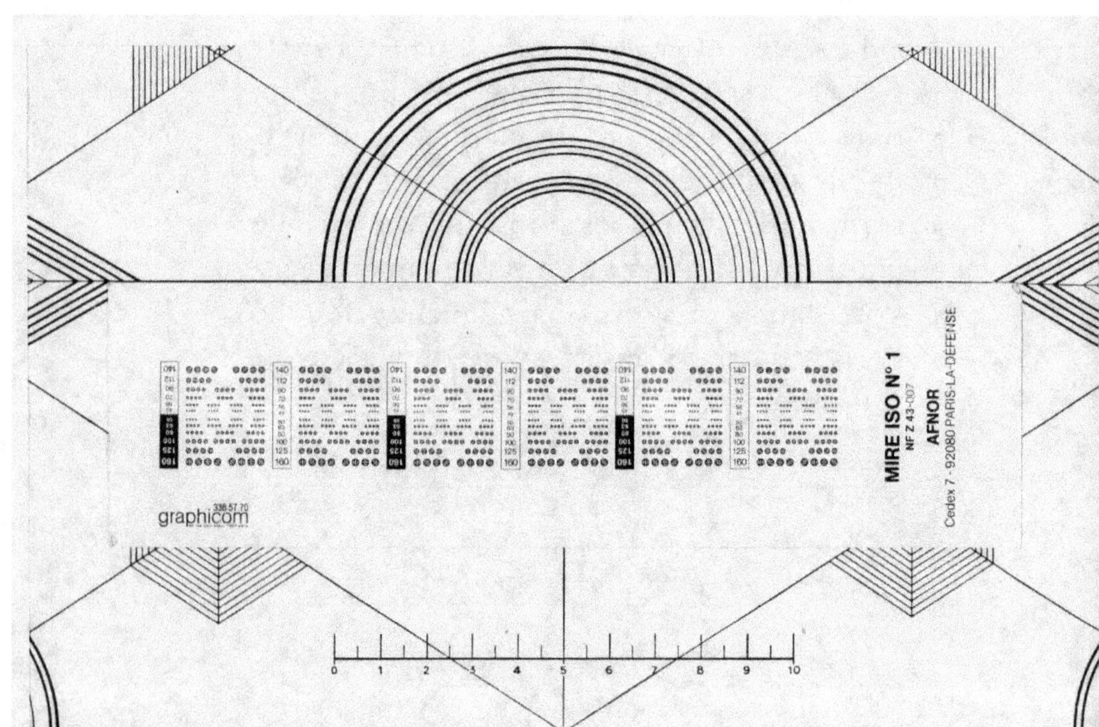

MIRE ISO N° 1
NF Z 43-007
AFNOR
Cedex 7 - 92080 PARIS-LA-DÉFENSE
graphicom
338-57-70
SERVICE PHOTOGRAPHIQUE